MARCOS ALMADA RIVERO

DOMINGO
TEPORINGO

INVIERNO

MARCOS ALMADA RIVERO

DOMINGO
TEPORINGO

INVIERNO

863.7
A55
2014   Almada Rivero, Marcos
          Domingo Teporingo Invierno / Marcos Almada Rivero. —
        México : Norma, 2014.
          136 páginas : ilustraciones.

          ISBN: 978-607-13-0220-5

              1. Novela mexicana — Siglo XXI. 1. Literatura mexicana —
        Siglo XXI. 3. Literatura infantil — Siglo XXI. I. t.

© 2014, Marcos Almada Rivero
© 2014, Norma Ediciones, S.A. de C.V.
Bosque de Duraznos 127, piso 2
Bosques de las Lomas
CP 11700 México, D.F.

Primera edición: octubre de 2014

Dirección editorial: Lorenza Estandía González Luna
Jefe editorial: Varinia del Ángel Muñoz
Edición: Lizbeth Alvarado Mota
Diseño y diagramación: Alfonso Reyes Gómez
Ilustraciones: Marcos Almada Rivero

Impreso en México – *Printed in Mexico*

CC: 29009835
ISBN: 978-607-13-0220-5

Para Maria José,
que siempre está conmigo
en El Refugio.

BIENVENIDA

Si es la primera vez que escuchas mi nombre, probablemente te cueste trabajo pronunciarlo: Popocatépetl. Algunas personas me llaman don Goyo, otras simplemente Popo. Como sea que me llamen, el caso es que soy un volcán.

Pero esta historia no se trata de mí, aunque, ocurre en una de mis laderas. Entre mis bosques y cañadas existen muchos senderos. Por ellos transitan audaces alpinistas que buscan llegar a mi cima. No obstante, más allá de la cañada El Olvido, existe un sendero muy poco usado. Si lo encuentras, éste te llevará hasta una pared de lava petrificada demasiado alta y peligrosa para ser escalada. Por eso, la mayoría de los aventureros aquí dan la vuelta y regresan por donde vinieron.

Sin embargo, aquellos que saben mirar, encontrarán un agujero en su base. Es lo suficientemente ancho para dejar pasar a un zorrillo, un tejón, una comadreja o a la cría de un humano.

Si tienes audacia para cruzar, del otro lado encontrarás El Refugio. Este es un bosque muy especial, pues en él viven criaturas poco comunes llamadas "teporingos". ¿No sabes qué es un teporingo? Bueno… ellos son unos conejos muy inquietos. Tienen ideas un poco extravagantes y sobre todo, son muy musicales.

El teporingo de nuestra historia se llama Domingo. Él tiene tantos relatos como yo tengo pinos en mis laderas. En esta ocasión, voy a contarte lo que ocurrió en el invierno de otro tiempo. Ahora, entremos silenciosamente a El Refugio.

HACIENDA
ABANDONADA

BARRANCA DE CHICOMULA

COLINA
ZACATUCHE

CARACOL

BOSQUE
OSCURO

TALLER DE
MAESTRO
LALO

EL REFUGIO

HABITANTES DE EL REFUGIO

DOMINGO TEPORINGO

Es el habitante más inquieto de El Refugio. Su mente suele saltar de una idea a otra. Esto a veces le hace tropezar con las palabras. Sin embargo, tras salto y salto, ocasionalmente aterriza sobre una "gran idea".

Como a todos los teporingos, a Domingo le encanta la música. En El Refugio se escuchan muchos instrumentos de viento ya que a esas alturas, el viento, nunca hace falta. Domingo es diestro en la trompeta y la toca desde que era un gazapo.

La doctora. Comadreja predijo que Domingo nacería un lunes; sin embargo, es tan inquieto este teporingo que nació un día antes. Es por eso que lo llamaron Domingo.

Sus animales favoritos son los cocodrilos y algún día le encantaría conocer a uno en persona.

CASILDA TEPORINGO

La hermana pequeña de Domingo. Es tan pequeña que a veces la confunden con algún miembro de la familia Ratón.

A pesar de su pequeñez, puede llegar a ser el animal más ruidoso de El Refugio. Toca varios instrumentos. Cuando está molesta suele tocar la tuba y cuando está alegre toca el clarinete. La flauta la deja para los días más melancólicos, pero no hay muchos de estos en El Refugio.

Su madriguera está encima de la de Domingo, en la Colina Zacatuche. A veces compiten por ser el animal más escandaloso del bosque. Por lo general Casilda es la ganadora y casualmente sólo pierde cuando es cumpleaños de Domingo, digamos que es un pequeño regalo silencioso.

TEJÓN MELÉNDEZ

El mejor amigo de Domingo. Es un animal del bosque y no del zacatonal. Por eso se dice que es un animal poco *zacatón*. En realidad no le teme a nada, por lo
menos a nada que conozca. Su madriguera se encuentra en algún lugar
del Bosque Oscuro y prefiere los lugares silenciosos. Es un animal muy
callado, excepto cuando relata alguna de sus travesías.

Se sabe que es un gran coleccionista de plantas. En un claro del bosque
tiene un invernadero donde crece plantas con las semillas que recolecta
en sus viajes.

Tiene un apetito tremendo y un olfato prodigioso. Es capaz de percibir el
aroma de una taza de chocolate caliente desde el otro lado del mundo.

MAESTRO LALO

Como todos los carpinteros, tiene una gran habilidad para
construir y reparar cosas de madera. Muchas de las madrigueras de El Refugio fueron construidas por él. Sin embargo, la mayoría
se encuentran incompletas, pues es muy cuidadoso en usar su tiempo de
sobra, quizás cuando encuentre un poco más de tiempo las logre terminar.

Se infla de orgullo cada vez que termina una silla o un armario, pues
considera que sus obras son verdaderas piezas de arte.

MAMÁ MUSARAÑA

Algunos la llaman simplemente "Mamá M." Sabe hacer
las más dulces galletas de canela, pero éstas no son
tan dulces como su voz. En su juventud tuvo grandes
giras como cantante. Fue muy popular tanto en los
bosques del Popocatépetl como los del Iztaccíhuatl y el Ajusco.
Grabó varios discos y sus canciones siguen sonando en la radio de vez en
cuando. Su canción más conocida es sin duda *Mi Musa es una Araña*.

Cuando nacieron sus dieciséis hijos decidió dejar su carrera y dedicarse
al hogar. No obstante, ahora que todos se fueron a estudiar a la universidad, no duda en usar su bella voz para complacer a sus admiradores.

OTILIO LA TUZA

Debajo de la madriguera de Mamá Musaraña se encuentra la biblioteca de Otilio. No suele salir mucho al bosque, pues asegura que todo lo que necesita saber se encuentra bien guardado en sus libros. Nunca ha terminado de catalogar su biblioteca ya que siempre piensa en una mejor manera de ordenar sus libros.

Otilio, a pesar de vivir debajo de la tierra, es un buen conocedor del cielo. Tiene un telescopio con el cual descubrió un cometa que ahora lleva su apellido. Este cometa reaparece cada año y Otilio espera con ansia cada reencuentro con su descubrimiento.

CHULO SAM

Su verdadero nombre es Samuel Cipriano Evaristo Chanate. Muchos lo consideran un "pajarraco de mundo", pues conoce los estilos musicales más variados del mundo entero. Siempre anda en busca de un nuevo ritmo y, aunque a veces el viento lo desplume, jamás pierde el estilo.

CAPÍTULO I

EN EL CUAL LA NIEVE LLEGA A EL REFUGIO

Era una noche fría, más fría que la noche anterior, de hecho era la noche más fría de hacía muchas noches. Y el frío viajaba en el fuerte viento que hacía bailar a los árboles. Bailaban el vals y, cuando el viento ganaba fuerza, los árboles jóvenes y audaces se balanceaban al ritmo del *swing* y el *boogie-woogie*. La luna se asomó entre las nubes para ver aquel bailongo y, al hacerlo, alumbró a

una criatura que avanzaba con dificultad entre el folla-
je. Le costaba andar en línea recta debido a la furia del
viento. Siguió avanzando lentamente entre las piedras
oscuras. Aunque parezca increíble, esas rocas alguna
vez fueron corrientes de lava hirviendo que salieron de
mi cráter. Ahora son frías y duras; algunas son muy fi-
losas, por lo que la criatura hizo un gran esfuerzo por no
caer sobre ellas.

La silueta se detuvo frente a un gigantesco pino
hartwegii. Entre sus raíces estaba el taller de carpintería
de Maestro Lalo y en las ramas colgaba su casa. La puerta estaba cerrada y todas las luces apagadas; era claro
que no había nadie. Continuó avanzando y llegó a donde los zacates crecen altos y esponjosos. Éstos se mecían
para atrás y para adelante. El zacatonal parecía un mar
enfurecido y el viento aullaba cuando lo acariciaba. En
todo ese mar, no había un solo animal a la vista. Caminó aferrándose a los zacates para no perder el piso. Pasó
frente a la madriguera de Domingo y no encontró luces
encendidas; tampoco en la madriguera de su hermana,
Casilda.

Tomó el sendero que lleva a la madriguera de Mamá Musaraña. De pronto, el viento lanzó un helado murmullo que le puso los pelos de punta. Corrió con todas sus fuerzas y al llegar al centro del zacatonal, una tremenda ráfaga de viento sacudió el mundo entero. La criatura perdió el piso, flotó por un par de segundos con las hojas secas de otoño y luego desapareció en la oscuridad de la noche.

. . .

—Me da un poco de ñáñaras cuando el viento aúlla —dijo Casilda mientras veía como se agitaba el mundo del otro lado de la ventana.

—No te preocupes, Casilda, es normal que haya viento al final del otoño —le contestó Mamá Musaraña mientras le echaba otra barra de chocolate a la leche que se calentaba en una gran olla.

—Sin duda va a ser un invierno muy frío —aseguró Otilio sacando su hocico de un pesado libro—. Ese aullido nos está avisando que va a haber un cambio brusco en el clima.

Domingo se columpiaba en una silla mecedora. Su oreja derecha apuntaba hacia la conversación mientras que la izquierda estaba pendiente del aullido del viento. Sin embargo, el comentario de Otilio captó la atención de la izquierda también.

—¿Cómo entiendes lo que dice el viento? —le preguntó.

—Lo leí, obviamente, en el apéndice de este libro de Meteorología —respondió Otilio con mucha seguridad mientras mostraba a todos el pesado libro—. Por ejemplo, no es lo mismo un "UuuuUUUUU" que un "uuUUuuuUUuu". Tienen significados muy distintos que solamente...

—¡Sí! Yo una vez *ojié* un *apréndice* de *Meteoritología* —interrumpió Domingo oportunamente—. Lo que no comprendo es cómo acabó el viento en un libro de meteoritos.

Hubo silencio. Otilio no encontraba la respuesta correcta. En su mente vagaba aquel último Uuuuu UUUUU. Había *ojiado* la dedicatoria, el índice, el prólogo y el *apréndice* del libro pero en ninguna de estas secciones se especificaba cómo es que el viento había entrado al libro de meteoritos. Entonces sacó su libreta de "asuntos importantes" y anotó lo siguiente:

Nota para mí: revisar que a los libros no se les meta el viento.

Entonces cerró el libro con un apretón.

Maestro Lalo había estado observando en silencio la silla en la que Domingo se mecía frenéticamente. Iba hacia adelante y hacia atrás, adelante-atrás, adelante-atrás. Iba tan rápido como podía y la silla crujía cada vez más fuerte. Cric-Crac, Cric-Crac, CRIC-CRAC. El carpintero se preguntaba qué iba a tronar primero, si el Cric o el Crac. Él mismo había hecho esa silla mecedora como regalo de cumpleaños para Mamá Musaraña. Era una buena silla, hecha con la mejor madera de…

¡CRAC!

Tronó la parte trasera y Domingo acabó en el suelo con las patas hacia arriba después de dar varios tumbos.

Maestro Lalo dedujo que los *Cracs* son más devastadores que los *Crics*. Casilda se carcajeó y olvidó sus *ñáñaras* por un instante. Otilio apenas alzó una ceja y volvió a estar pendiente de los chiflones. Mamá Musaraña vio su silla favorita rota y se puso muy triste. Cuando Domingo vio sus ojos afligidos sintió cómo sus orejas se calentaban y su cara se ponía color entomatada. Ya conocía esa sensación y, según Otilio, sucede por algo llamado "vergüenza". Entonces corroboró que no era un "sinvergüenza", aunque, en ese momento, lo hubiera preferido.

—Perdóname, Mamá M., no era mi intención romper tu silla —le dijo tratando de quitarse el color rojo de sus cachetes.

—Supongo que esto es normal cuando hay teporingos en tu madriguera —dijo Mamá Musaraña un tanto molesta.

—¡Ey! Yo no he roto nada… aún —dijo Casilda un poquito indignada.

—Tienes razón, tu hermano es el que está muy inquieto para variar.

Domingo sintió cómo sus orejas echaban vapor y se desenrolló la bufanda un par de vueltas.

—Dicen por ahí —interrumpió Maestro Lalo—, que cada vez que lleves a un teporingo a tu casa, debes llevar a un pájaro carpintero también.

Entonces sacó su caja de herramientas y comenzó a componer el Crac de la silla. Domingo se ofreció a ayudar y poco a poco sus orejas se fueron enfriando. Mientras, Otilio bajó a su biblioteca para asegurarse de que no hubiera ningún viento cruzado. Casilda se acercó a la estufa para oler el chocolate caliente y vio cómo la leche iba perdiendo su blancura poco a poco.

Cuando la silla quedó arreglada, Domingo se ofreció a probarla (después de todo, él ya había sobrevivido a una estrepitosa caída). Comenzó a mecerse y Maestro Lalo puso mucha atención. Esperaba escuchar un ligero Cric-Crac; sin embargo, lo que escuchó fue un potente TOC-TOC. Algo no estaba bien; jamás había escuchado a una silla mecedora hacer TOC-TOC. Recordaba muchos Cric-Cracs, pero nunca un TOC-TOC; por lo menos no en una silla. Los únicos objetos que podían hacer TOC-TOC que él conocía eran las puertas. Pero, ¿quién podría tocar a esas horas de la noche y con ese viento?

TOC-TOC

Volvió a sonar y con mayor fuerza. Definitivamente venía de la puerta, pues Domingo ya no estaba meciéndose… había saltado directo al portón.

—¡No abras! —gritó Casilda—. Puede ser el viento enfurecido que viene a rugirnos.

—Pero el viento no sabe tocar puertas —contestó Domingo—; no tiene manos.

—Pues tampoco tiene boca y puede aullar —replicó su hermana menor.

Domingo quedó pensativo.

—Qué tal que sí es el viento y está enojado por alguna razón —pensó Domingo—. Es muy difícil saber lo que el viento está pensando y cuáles son sus intenciones. Quizás si *ojiara* el *apréndice* del libro de *meteo*…

TOC-TOC-TOC

Sonó esta vez y Domingo corrió a esconderse detrás del sofá. Casilda lo siguió, buscando un abrazo de hermano mayor.

Maestro Lalo (que conoce más sobre sillas y puertas que ningún otro animal) abrió la puerta, y sin invitación alguna, el viento entró aullando. Y para sorpresa

de todos, trajo consigo unos invitados: copos de nieve que flotaban por toda la madriguera.

—¡Está nevando! —gritó Domingo.

Casilda salió disparada y saludó a los copos de nieve. Por fin había llegado el invierno.

—¡Un momento! —volvió a gritar Domingo—. ¿Los copos de nieve tocaron la puerta?

Entonces, vieron una gran silueta oscura que al entrar a la luz se volvió blanca, pues estaba hecha de nieve.

—¡Fue la nieve quien hizo TOC-TOC! —gritó Casilda.

La figura entró a la madriguera y todos la miraron sorprendidos. Otilio justo regresó de su biblioteca y se quedó pasmado al ver a la nieve moverse de esa forma, como si fuera un animal. La criatura se acercó a la estufa donde el chocolate caliente humeaba. Tomó con su mano blanca una taza y la llenó con el líquido oscuro. Después se llevó la taza a lo que

parecía su cabeza y le dio un sorbo. Entonces, un cacho de nieve cayó sobre el suelo y se hizo agua, luego otro y así, hasta que debajo de toda esa nieve apareció un tejón que escurría chorros de agua.

—¡Tejón Meléndez! —gritaron todos.

Tejón Meléndez les contestó de esta forma: "trrrrrrrrrrrrr". Y nadie recordaba lo que significaba un "*trrrrrrrrrrrrr*" más que Mamá Musaraña quien tomó una gran cobija de lana y lo envolvió como un tamal.

Llevaron al *tamal* al sofá y lo llenaron de cosas abrigadoras hasta que dejó de hacer "*trrrrrrrrrrrrr*" y pudo decir: "qué delicioso chocolate". Entonces, todos supieron que Tejón Meléndez se encontraba bien y le dieron una cálida bienvenida. Después le hicieron muchas preguntas sobre su largo viaje y él les contestó que mejor se acercaran para sentirse más calientito. Y así, todos apretujados en el sofá, le dieron pequeños sorbos a su chocolate caliente mientras veían cómo el mundo de afuera se volvía blanco poco a poco. Uno por uno, se fueron quedando dormidos. El viento continuó aullando toda la noche y solamente uno de ellos soñó con meteoritos.

CAPÍTULO II

EN EL CUAL DOMINGO QUEDA ATRAPADO EN SU MADRIGUERA

Era un martes, ¿o era miércoles?... Los volcanes somos tan antiguos que solemos confundir las fechas. El caso es que aquel día de invierno, Domingo Teporingo salió de su cama confundido. La madriguera estaba oscura y silenciosa, lo cual le hacía dudar si había despertado o seguía soñando. ¿Cómo saberlo? Existen varias maneras. Una es brincar en la cama mientras se canta esta canción:

Riquiti-rrí–quirrí, rechina el colchón.
Salto en la cama, estoy al revés,
ando volando y no veo mis pies.
Riquiti-rrí–quirrá, luz de mañana
entra en mis ojos, aún con lagañas.
Sueño, sueño no dejas mi cama.
Riquiti-rrí-quirré –tirri-quití-tirom.
Chilaquiles, pan dulce, jugo y café.
Cruzo la puerta y ya desperté.

La segunda manera es encontrar una mosca voladora y seguirla con la mirada mientras se hacen bizcos. Esta técnica es poco común porque se corre el riesgo de quedar bizco por el resto del día. "Por si las moscas", Domingo optó por la primera.

Cuando estuvo seguro de estar despierto se dió cuenta de algo: su ventana estaba tapizada de nieve y no dejaba entrar ni un rayo de sol. "¿Será de noche o de día?", se preguntó.

Su puerta no abrió, pues la nieve la estaba bloqueando. Entonces se percató de que se encontraba atrapado.

No le preocupó tanto el encierro como el no saber si era de día o de noche. Su reloj llevaba descompuesto...

mucho tiempo, lo cual hacía todo más difícil. Estaba casi seguro de que se encontraba despierto, pero no sabía si volver a la cama o preparar su desayuno. Tenía un poco de hambre, pero también tenía un poco de sueño. Quizás estaba en aquel extraño momento en el que la noche y el día se tocan con un apretón de manos, pero… ¿estaba llegando la noche o se estaba yendo? Era demasiada incertidumbre para un teporingo tan inquieto como Domingo.

Trató de oír los ruidos del mundo exterior. Si escuchaba el wuu, wuu de doña Lechuza, sería de noche y si escuchaba el silbido del señor Gorrión, entonces sería de día. Pero la nieve no dejaba pasar un solo sonido. Y si los sonidos no entran, tampoco pueden salir.

Trató de llevar su mente a otro sitio para escapar del agobio. Sus ojos giraron hacia todos lados (supongo que buscando una mosca). Encontró unos periódicos viejos y comenzó a hojearlos; pero se aburrió rápidamente. Sin embargo, entre la sección de "deportes" y "espectáculos", apareció una hoja de papel que tenía escrito lo siguiente:

cosas que hacer en invierno:

—Il mejor trineo de todos los tiempos
—Un túnel en la nieve
—Batalla de bolas de nieve
—Patinar en la poZza congelada
—Monos de nieve
—Ver un cometa

Era su lista de "cosas que hacer en invierno". La había traspapelado y ahora, lejos de tranquilizarlo, lo puso aún más inquieto. ¡Cuántas cosas por hacer! Quería salir a hacer un trineo con Casilda, pero era un prisionero en su propia casa y no iba a poder salir hasta que la nieve se derritiera, lo cual ocurre hasta… ¡PRIMAVERA!

—Riquiti-rrí–quirrí —comenzó a balbucear.

Y, ¿cómo iba a usar un trineo cuando ya no hay nieve? ¿Cómo iba a patinar sobre hielo si el hielo se hacía agua?… Qué ridículo era todo esto en realidad.

—Riquiti-rrí–quirrí, riquiti-rrí–quirrom, riquiti, riquiti… —continuó Domingo mientras ponía agua a calentar en la tetera.

Sacó un panqué relleno de zacate dulce y cortó una rebanada. Cuando estaba a punto de darle una mordida, la tetera soltó un tremendo chiflido que mandó a Domingo hasta el techo.

—¡Riquiti, riquiti, no aguanto más! —gritó mientras se dirigía a la ventana.

Jaló con todas sus fuerzas, la madera crujió, jaló de nuevo y volvió a crujir. La tercera vez que jaló, se quedó con el marco de la ventana en sus manos. Naturalmente, la nieve que estaba recargada sobre ella entró con un gran SUIIIIIISH. Domingo dio vueltas y tumbos, y en un segundo todo se volvió blanco y silencioso.

Nunca se había sentido tan apretado. Apenas podía mover sus manos y no sabía hacia dónde estaba *arriba* o *abajo*. Entonces cantó:

Riquiti-rrí–quirrí, no siento los pies.
¡Estoy al derecho o estoy al revés?
Riquiti-rrí–quirrá, sin luz de quinqué,
no encontraré mi rico panqué.
Riquiti-rrí-quirré –tirri-quití-tirom.
¡Qué importa el panqué, el té y el quinqué,
en esta prisión me congelaré!

Entonces removió un poco de nieve con un dedo, luego con dos y luego con toda la mano. Escarbó un túnel que lo llevó a una superficie dura. ¿Era el suelo, una pared o era el techo? Vio una huella de su pie, lo que le indicó que se trataba del suelo, pues nunca había pisado su techo ni sus paredes, claro está.

—La cocina debe de estar delante de mí —pensó.

Continuó escarbando hasta topar con la estufa. Por suerte, la tetera seguía ahí. La tomó con cuidado, pues aún estaba muy caliente, y regó el agua sobre la nieve.

Pronto, ésta comenzó a derretirse. Apareció una silla, luego un abrigo, su trompeta, el panqué...

En eso, alguien tocó la puerta. Continuó chorreando agua caliente sobre la nieve, pasó sobre la mesa y sobre un armario hasta que finalmente apareció la manija del portón.

—¿Quién será?, digo, ¿quién es? —gritó Domingo, extrañado por la visita.

—Me regalarías una taza de té caliente —contestó la voz.

—Con mucho gusto, sólo que la puerta está atorada.

—Inténtalo ahora.

Domingo recargó su cuerpo sobre la puerta y abrió con gran facilidad. Y ahí estaba Casilda con una gran pala en sus manos. Domingo se asomó y pudo ver un larguísimo túnel de nieve que al final dejaba pasar la luz del día.

—¡Es de día! —exclamó Domingo—. Lo supe todo el tiempo.

—Claro que es de día —contestó Casilda—, te estuve esperando toda la mañana para ir a hacer un trineo. Como no llegabas me asomé por mi ventana y vi tu madriguera cubierta de nieve. Entonces, hice este túnel para sacarte; me llevó casi todo el día y ahora ya está por llegar la noche. Tendremos que dejar lo del trineo para otro día.

Domingo agradeció a su pequeña hermana y la invitó a pasar. Por suerte la tetera aún tenía un poco de agua caliente y se prepararon una infusión de hierbabuena; se sentaron sobre el armario que había tumbado la nieve y tomaron el desayuno que en realidad era la cena. Casilda con la boca llena de panqué balbuceó "Riquiti-rrí–quirrí, riquiti-rí–quirrom...", pues el panqué estaba de ensueño. Domingo estuvo en silencio, pensando que, a pesar de todos los inconvenientes, había sido un gran día. Cuando la nieve de su madriguera se derritió, encontró el papel con la lista de "cosas que hacer en invierno" y tachó la frase que decía: "un túnel en la nieve".

CAPÍTULO III

EN EL CUAL DOMINGO VISITA SU MUY-SECRETO-RINCÓN-ESPECIAL

El invierno había colocado sobre el bosque un disfraz de nieve, hielo y escarcha. Los pinos más grandes y fuertes portaban con orgullo su traje invernal, pero los árboles más pequeños se veían cansados de cargar toda esa nieve. Todo estaba en calma, el bosque dormía y el silencio era helado. De pronto, entre los árboles se escuchaba el canto lejano de un azulejo. Estos pájaros llaman al calor con su bella melodía. A veces, otro azulejo responde y formaban un dueto; entonces el frío desaparece por unos instantes.

Domingo venía caminando entre la nieve echando humo por las orejas como una locomotora. Estaba furioso. Casilda había hecho trampa en un juego de mesa y él quedó en último lugar. Pero lo que lo irritó más fue que todos le dieron la razón a su hermana y no a él. "Son una bola de tramposos", gritaba mientras daba brincos por toda la madriguera. Entonces salió corriendo y prometió no ver a nadie por el resto de sus días (o de ese día, por lo menos).

Se fue a su *muy-secreto-rincón-especial*. Este sitio se encuentra escondido en una parte del Bosque Oscuro y Domingo no deseaba mostrárselo a nadie, pues al hacerlo, perdería su *muy-secreta-especialidad*; o eso creía.

Fue una caminata larga y silenciosa a través del bosque. Por un momento se perdió, pero eventualmente salió de la oscuridad y llegó a su *muy-secreto-rincón-especial*. Inmediatamente sonrió, pues no había nadie más que él. Caminó sobre unas rocas que terminaban abruptamente en un precipicio, como si hubieran sido trozadas por un gigante. Se detuvo en la orilla y contempló el

cielo azul, manchado con una que otra nube. Una gran montaña con la cima nevada se alzaba frente a él. Era Iztaccíhuatl que se elevaba orgullosa sobre los bosques y valles de alrededor. Desde aquel punto de vista sólo se apreciaba uno de sus picos, lo que la hacía parecerse mucho a mí, casi como verme en un espejo.

Domingo contempló la parte del Bosque Oscuro que se extendía bajo sus pies. Luego se sentó en la orilla de aquel peñasco a disfrutar la sensación que le provocaba la altura. Realmente le gustaba la *especialidad-muy-secreta* de su *muy-secreto-rincón-especial*.

Aquel sitio, en realidad es más especial de lo que Domingo creía. Tiene una historia muy antigua, tan antigua que casi ha sido olvidada. Aquí la voy a contar por primera vez en cientos de años:

Ocurrió cuando yo era un joven volcán. En aquel entonces, en mis bosques vivían grandes cantidades de teporingos y otras criaturas que ya no existen más. Recuerdo el interés que tenían los teporingos de aquel entonces por llegar a las laderas de Iztaccíhuatl y conocer a los teporingos que vivían en la otra cima. No podían lograrlo pues, el Bosque Oscuro de abajo estaba poblado por terribles y voraces criaturas.

Entonces, un intrépido teporingo (he olvidado su nombre), se propuso construir un puente que sobrevolara el Bosque Oscuro y los conectara con el otro volcán. Cientos o quizás miles de teporingos trabajaron en la construcción de dicho puente y éste comenzó a alzarse sobre los pinos y los oyameles. Piedra por piedra, columna por columna, fueron avanzando. El sueño monumental de los teporingos se estaba realizando. Sin embargo, hubo un imprevisto cuando comenzaron a escarbar en mi panza, mi parte más sensible. Sentí un cosquilleo tremendo y no pude evitar retorcerme un poco, lo suficiente para ocasionar que el puente entero se viniera abajo estrepitosamente, columna por columna.

Aquel peñasco en el que estaba sentado Domingo fue lo único que quedó de la construcción y desde entonces ninguna criatura ha intentado algo semejante.

Domingo, a pesar de no conocer la historia, admiró el paisaje un largo rato y su mente viajó por los valles libres de nieve y descansó en el horizonte. Luego sacó su trompeta y comenzó a tocar. El aire fluía suavemente por el instrumento para luego salir como música y perderse en el cielo. Después de varias notas, Domingo bajó la trompeta y paró la oreja. Sólo hubo silencio. Pero poco después, las notas volvieron.

—Es mi *cuate trompetista* del *Izta* —se dijo a sí mismo. Y cada que tocaba, recibía de vuelta las mismas notas. Por más complicada que fuera la improvisada melodía, ésta siempre regresaba igual.

A Domingo le gustaba saber que allá a lo lejos, en el frío de otro volcán, había un trompetista como él y no dejaba de imaginar cómo sería. Sin embargo, le parecía extraño que su *cuate trompetista* nunca tuviera la iniciativa de improvisar su propia melodía. Después de un rato a Domingo le pareció un poco grosero de su parte.

—Voy a dejar de tocar, a ver si él propone algo —se dijo a sí mismo y paró la oreja.

Hubo un silencio largo. Entonces Domingo tuvo que hacer un gran esfuerzo por no inquietarse.

—¡Qué *cuate* tan poco considerado! —pensó.

Entonces, Domingo no soportó más la ansiedad, tomó una bocanada de aire y sopló por la boquilla con todas sus fuerzas. El sonido retumbó en las cañadas y los valles de abajo. Y poco después, el sonido volvió…

—¡Es un burlón tramposo! —se dijo a sí mismo y prometió no volver a tocar música con nadie.

En eso, un punto en el cielo comenzó a descender hasta que el punto se volvió un pájaro. Era negro como la oscuridad del bosque y aterrizó con mucho estilo sobre el borde del peñasco. Domingo lo reconoció enseguida: era Chulo Sam.

—¡Qué buen par de pulmones tienes, hermano teporingo! —dijo el pajarraco mientras le guiñaba un ojo y se quitaba el sombrero.

—Gracias… —contestó Domingo un poco inquieto, pues justo se percató de que había revelado la ubicación secreta de su *muy-secreto-rincón-especial.*

—Excelente lugar para improvisar un poco de *jazz* —dijo Chulo Sam.

—¿Y dónde habías estado que hace mucho que no te veía? —respondió Domingo, tratando de llevar el tema a otro lado.

— Precisamente vengo regresando de un largo viaje. Estuve en lugares muy pero muy diferentes a El Refugio. Me uní a una parvada migratoria y volamos hacia el norte. Cruzamos el Golfo de México y llegamos a Nueva Orleans, una hermosa ciudad. De ahí me separé de la parvada y subí por el río Misisipi, conociendo nuevos ritmos. Pero lo que más disfruté fueron los salones y cabarets de Chicago. Ahí tocan y bailan puro *jazz*.

Domingo le ponía poca atención. Realmente quería volver a estar solo en su lugar favorito, pero Chulo Sam continuó platicando con mucho entusiasmo. Luego sacó de su maleta su trombón y dijo:

—Escucha estas notas, hermano teporingo.

DI-DI-DIT, Du-Bit, sonó el trombón e inmediatamente Domingo paró las orejas.

—Ahora intenta seguirme —dijo mientras guiñaba el ojo.

DI- DI-DIT, Du-Bit, tocó Sam.

DI-DI-DIT, Du-Bit, tocó Domingo.

DI-DI-DIT, Du-Bit, Bud-It, Bubu-Dubit… sonaron ambos.

"¡Qué bien sonamos juntos!", pensó Domingo. "No te detengas", le insinuó a Chulo Sam con la mirada.

Siguieron tocando e improvisando nuevos sonidos. Domingo sintió el cálido ritmo fluir por su cuerpo y, por un instante, la música se volvió el mundo; no había nada más allá de aquel peñón.

De pronto, Chulo Sam bajó el trombón y comenzó a cantar con su ronca voz de chanate; iba algo así:

"Baba-du-baaap, dubi-dubi-dubap, dubi-dubaap…"

—¡Qué *chula* forma de cantar! —dijo Domingo.

—Inténtalo tú —le dijo Chulo Sam—, no puedes equivocarte.

Lo intentó con su suave voz de teporingo y le salió muy bien.

Baba-du-baaap, dubi-dubi-dubap, dubi-dubaap, dubi-dubi…

Siguieron tocando y la música sonó cada vez más fuerte. Entonces, los animales del bosque, al escuchar la armonía, comenzaron a llegar en manadas y parvadas. Incluso aquellos que hibernaban salieron de sus acogedoras madrigueras y otros llevaron sus instrumentos para unirse a la banda. Domingo se sintió en buena compañía y sin darse cuenta, rompió un par de promesas que se había hecho.

Su *muy-secreto-rincón-especial* dejó de ser *muy-secreto*; sin embargo, no dejó de ser *especial*. De hecho, ganó *especialidad*, pues se volvió punto de encuentro de los aficionados al *jazz*, como Domingo y Chulo Sam. Olvidaron cambiarle el nombre al sitio y aún hoy en día, si te pierdes en el Bosque Oscuro, no tienes más que parar la oreja y seguir el DI-DI-DIT, Du–Bit, Bud-It, Bubu-Dubit… para llegar al *muy-secreto-rincón-especial* de Domingo Teporingo.

CAPÍTULO IV
EN EL CUAL CONSTRUYEN EL MEJOR TRINEO DE TODOS LOS TIEMPOS

El taller de Maestro Lalo estaba en silencio. No había trabajo, pues con aquel frío tan tremendo, toda la madera se estaba usando para encender los fuegos de chimeneas, hornos y fogones. Incluso muchas mesas y sillas se habían tenido que trozar.

—Es un acto monstruoso —decía Maestro Lalo cada vez que le tocaba presenciar cómo sus sillas eran

machacadas, convertidas en leña y luego en ceniza. Y cómo cada nuevo día de invierno era más frío que el anterior, muchos armarios, mesas y hasta puertas terminaron siendo devorados por el fuego.

Por eso, cuando Domingo le pidió un poco de madera para construir un trineo, éste le dijo que esperara a la primavera cuando las ramas de los pinos se secan y caen. Y como a ningún teporingo se le ocurriría jamás derribar un árbol, Domingo no tuvo más remedio que renunciar a su trineo.

Caminó sin rumbo y sin tener mucho que hacer. Vagó por la pradera de zacate y le llegó el olor a leña quemada que salía de las chimeneas. Sintió que su plan de hacer "el mejor trineo de todos los tiempos" había sido achicharrado.

Siguió caminando hasta que llegó a una imponente roca que sobresalía entre el zacate y la nieve. Aquella extraña piedra era conocida como El Caracol. Domingo trepó a la concha, donde tuvo una mejor vista de la pradera. Le hubiera gustado pasear por todo El Refugio sobre aquella gran bestia, desafortunadamente, la roca estaba bien anclada al suelo.

Al otro lado de la pradera pudo ver a Otilio que hacía una rabieta frente al tendedero de ropa. En sus manos tenía unos calzoncillos que había puesto a secar. Domingo no aguantó la curiosidad y de un brinco, dejó atrás a El Caracol.

—¡Condenado frío! —exclamó Otilio mientras agitaba en el aire su ropa interior—. La tela mojada se congeló y ahora está tiesa como una tabla.

Domingo tomó unos calcetines del tendedero y notó que, en efecto, estaban completamente rígidos. Entonces, tuvo una brillante idea.

—¿Quién necesita madera para hacer un trineo si tenemos calzones? —exclamó Domingo con un brinco.

Otilio, que no había notado al teporingo, quedó muy confundido con aquella pregunta.

Entonces, Domingo regresó al taller de Maestro Lalo con todos sus cobertores, pantalones, pijamas, sábanas, camisas y calzones.

—¿Vas a mudarte a mi taller? —preguntó Maestro Lalo.

—No, vamos a hacer el "mejor trineo de todos los tiempos" —respondió Domingo muy seguro de su plan.

Maestro Lalo no comprendió nada y pensó que al teporingo se le estaba empezando a congelar el cerebro.

Domingo le pidió un poco de agua (en estado líquido) y el carpintero, por simple curiosidad, le siguió el juego.

Cuando regresó con una jarra llena de agua, Domingo ya había amarrado los edredones con sus pantalones, los pantalones con los calcetines, y los calcetines con los calzones.

—Ahora, vamos a mojar la tela —le dijo Domingo al carpintero que seguía creyendo que el cerebro de Domingo se estaba escarchando.

Casilda llegó en ese momento, vio los pijamas mojados de Domingo y comenzó a reírse.

—¿Te hiciste pipí anoche, Domingo?

—Obviamente no, estoy haciendo el "mejor trineo de todos los tiempos". Pero como no tenemos madera, vamos a usar tela congelada.

A Casilda le pareció una idea fabulosa y corrió a su madriguera para traer almohadas, edredones y demás telas que encontrara.

Lo mismo ocurrió con Tejón Meléndez, que trajo sus jorongos y tapetes oaxaqueños.

Juntaron y amarraron bien las telas hasta que fueron tomando la forma de un trineo y luego las empaparon. Lo sacaron a la intemperie y subieron a la casa de Maestro Lalo a tomarse un atole caliente. Después de un rato, Domingo salió a revisar el trineo.

—¡Tieso como una tabla! —gritó.

—Muy aerodinámico —dijo Maestro Lalo con orgullo.

—Eso… ahora vamos a probar su *airodinamiqués* —respondió Domingo.

Los cuatro arrastraron el trineo que pesaba como si fuera de piedra. Tomaron el camino que lleva a las Nieves Eternas, pasaron la Colina de Ceniza y Maestro Lalo sugirió que era una buena altura para probarlo. Pero Domingo quería seguir subiendo…

—¿De qué sirve tener "el mejor trineo de todos los tiempos", si no va a ser usado adecuadamente? —dijo.

Continuaron subiendo, pasaron el Mirador, rodearon el Pico del Zopilote y Maestro Lalo insistió en probarlo desde aquella altura. Pero el entusiasmo de Domingo los llevó aún más alto; incluso cruzaron la franja de Las Tierras sin Árboles. El viento soplaba muy fuerte y las orejas (de aquellos que tenían) se entumecieron. Voltearon hacia abajo y sintieron vértigo.

—Ésta es una altura apropiada para nuestro trineo —dijo finalmente el teporingo.

—Estás... loco... de... remate... —dijo Maestro Lalo jadeando por el cansancio y por la falta de oxígeno en el aire.

El Refugio se veía pequeñito.

—Mi madriguera cabe entre mis dedos —dijo Casilda mientras simulaba que la agarraba con sus manos.

Colocaron el trineo apuntando hacia abajo, Domingo se trepó de un brinco y los otros tres le siguieron. Unos temblaban de frío y otros de miedo.

—¡Ahora sí, Tejón Meléndez, *arrempújanos* recio! —gritó Domingo.

Y con un grito recio de "¡arre!", el tejón empujó el trineo hacia el precipicio.

—¡Domingo! —exclamó Maestro Lalo—, ¿pensaste en las medidas de seguridad?

Pero Domingo no podía escuchar más que el suiiii-isshhh que hacía el trineo sobre la nieve.

Ganaron más y más velocidad. SUIIIIIIIISH, esquivaron el Pico del Zopilote. SUIIIIIIIISH, pasaron el Mirador. El aire congelado les golpeaba la cara. Domingo sacó su trompeta y tocó una fanfarrea de victoria. TU-TU-RU-TU-TU-TUTUUUUU.

Bajaban como una furiosa avalancha. SUIIIIIIIISH, quedó atrás la Colina de Ceniza y la madriguera de Casilda ya no cupo en su mano.

Otilio salió por otra tanda de ropa congelada cuando escuchó la trompeta de Domingo. El sonido se acercaba rápidamente hasta que lo sintió encima y tuvo que brincar a un lado para esquivar al endemoniado trineo. Golpearon la ropa congelada del tendedero y CRI-SHHHH sonó la tela que estalló como una piñata; el agua congelada la había hecho dura como la madera, pero quebradiza como el cristal.

Otilio, con los bigotes llenos de nieve y los ojos llenos de rabia, hizo una rabieta aún más grande que la anterior. Le gritó a los tripulantes del trineo, pero éstos sólo alcanzaron a escuchar un fugaz "oop…".

Domingo siguió tocando su trompeta mientras el corazón le palpitaba como loco. Casilda iba agarrada con todas sus fuerzas de su hermano mayor. Tejón Meléndez, que no le teme a nada, sonreía mientras sujetaba su sombrero. Maestro Lalo, que es un pájaro muy sensato, sacó sus alas y echó a volar lejos de aquel trineo.

Entonces, Domingo vio que algo muy grande se aproximaba. Se quitó la escarcha de los ojos y pudo ver que se trataba de: ¡El Caracol!

—¡Frena, Domingo! —gritó Casilda con todas sus fuerzas.

—No le pusimos frenos al "mejor trineo de todos los...".

¡CRIIIISHHHH!, explotó el trineo al chocar con el molusco de piedra. Domingo, Casilda y Tejón Meléndez volaron por los aires entre una lluvia de telas cristalizadas.

FLOP, FLOP, FLOP, cayeron los tres animales sobre la manta de nieve.

—¡Hay que hacerlo otra vez! —gritó Casilda mientras se quitaba la nieve de los ojos.

Domingo salió de la nieve con un brinco y una gran sonrisa en la cara. De Tejón Meléndez sólo se podía ver su parte trasera. Casilda lo jaló de una pierna y Domingo de la otra hasta que apareció el resto de su amigo. Maestro Lalo aterrizó con mucha elegancia y descubrió que, milagrosamente, nadie estaba lastimado.

Buscaron el trineo pero sólo encontraron pedazos de tela congelada regados por toda la zona de impacto. Era como si un meteorito de pijamas hubiera impactado la Tierra.

No tardaron mucho en percatarse de que se habían quedado sin nada para abrigarse en aquellas frías noches de invierno. Pero Domingo tuvo una idea más:

Juntaron todos los pedazos de tela en una canasta y los llevaron a la madriguera de Mamá Musaraña. Amarraron varios cordones de un lado al otro de la madriguera y colgaron los trozos *sobrevivientes* del choque. Tuvieron que usar una silla (a pesar de la oposición de Maestro Lalo) para avivar el fuego de la chimenea.

Mientras esperaban a que los restos del trineo se secaran, tomaron otro atole caliente.

Cuando la tela volvió a estar suave, Mamá Musaraña sacó una caja llena de hilo y agujas. Todos se sentaron a coser alrededor de la chimenea, mientras Domingo relataba una y otra vez los detalles de la gran aventura.

Resultó muy difícil juntar las prendas en su forma original, así que fueron parchando y cosiendo conforme agarraban pedazos de tela. Los edredones se formaron con todo tipo de colores y formas. Incluso, algunos tenían calcetines y guantes cocidos en los extremos para no padecer frío en manos y pies. Los pijamas estaban remendados con partes de jorongos y tapetes oaxaqueños. Los jorongos tenían partes de manteles y los manteles, partes de los calzoncillos de Otilio. Todo era muy ridículo realmente, pero resultó bastante divertido.

Probaron sus nuevas ropas y rieron del nuevo estilo que acababan de crear. Decidieron llamarla "Moda Avalancha". Lo mejor de todo, es que aquellas telas quedaron impregnadas para siempre con el olor de una gran aventura.

CAPÍTULO V
EN EL CUAL DOMINGO CONOCE AL DODO

Era un día gris cuando Domingo entró corriendo a la madriguera de Mamá Musaraña. Venía siguiendo el aroma de galletas recién hechas. Aquellas galletas eran famosas en toda la región, pues nadie podía hacerlas tan suaves y dulces como Mamá Musaraña. La cocina estaba impregnada del olor de mantequilla y canela. Sin embargo, Domingo se llevó una terrible desilusión al ver que ya no quedaba ni una sola galleta.

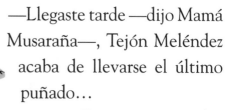

—Llegaste tarde —dijo Mamá Musaraña—, Tejón Meléndez acaba de llevarse el último puñado…

Domingo cruzó los brazos y se sentó en el sillón de Otilio. Cada que inhalaba el olor a mantequilla y canela, su frustración crecía.

—Pero eso se puede solucionar —añadió Mamá Musaraña.

Entonces Domingo paró la oreja y de un brinco regresó a la cocina. Mamá Musaraña le pidió que fuera por los ingredientes a la alacena. Después hicieron una nueva tanda de galletas. Esta vez, Domingo propuso que las galletas llevaran la forma de animales. Finalmente salieron del horno y las espolvorearon con azúcar. El teporingo comió *elefantes*, *cocodrilos* y *ornitorrincos* hasta que su boca no pudo soportar más dulzura. Volvió al sillón y esperó a que su pantalón le dejara de apretar. Para cuando esto sucedió, él ya estaba bastante aburrido e inquieto.

Entonces fue a ver qué hacía Otilio. Bajó y bajó por unas oscuras escaleras hasta llegar a una puerta que tenía el siguiente letrero:

FAVOR DE GUARDAR SILENCIO

Pero como Domingo tenía los bolsillos repletos de cosas como galletas, guijarros con formas peculiares, y unos cuantos *pensamientos*, no tuvo espacio para *guardar* aquel *silencio*.

TOC, TOC, retumbó la puerta bajo la mano de Domingo.

Nada.

En eso, descubrió un mecate que colgaba junto a la puerta y otro letrero, pero éste era pequeñito. Domingo alcanzó a leer lo siguiente:

JALAR SÓLO EN CASO DE EMERGENCIA

Se quedó pensando unos segundos; no sabía si "estar aburrido" podía ser una emergencia y luego recordó haber escuchado alguna vez la frase "me *muero* del aburrimiento".

—Si el aburrimiento puede causar la muerte, entonces, tiene que ser una gran emergencia —dedujo.

Jaló el cordón con fuerza y apenas pudo escuchar un suave tintineo del otro lado de la puerta. Segundos después se abrió una pequeña compuerta que dejó ver un hocico de tuza.

—¿Si? ¿Dime? ¿Cuál es tu emergencia?

—¿Puedo pasar a tu biblioteca, Otilio?

—Esa no es una *emergencia*, es más bien una *petición*.

Domingo desconocía la palabra *petición*, pero le sonó a algo muy *serio*.

—Bueno, es que... afuera hace mucho frío y me *muero* del aburrimiento.

—Ya veo... —la cara de Otilio desapareció por unos instantes—, supongo que eso podría considerarse una emergencia —dijo finalmente el hocico de tuza.

Desapareció una vez más y se escucharon varios cerrojos. La puerta se abrió y dejó salir el aire que estaba caliente y olía a hojas amarillas. Al entrar, Domingo descubrió que en el suelo había columnas y columnas de libros que llegaban hasta el techo. Era como si hubiera crecido un bosque de palabras dentro de la biblioteca.

—Disculpa el desorden, estoy reacomodando todos mis libros.

—Y ahora, ¿cómo vas a ordenarlos? —preguntó Domingo educadamente.

—Creo que voy a separarlos por días y momentos.

—No me refería a *cuánto* te ibas a tardar sino en *qué* orden.

—Es lo que intento decirte, voy a colocar cada libro en el *día* en que debe ser leído. Por ejemplo, este tomo de Lógica entraría en la categoría de "libros para leer en martes"; este librillo de poemas sin duda es una lectura apropiada para un "viernes en la tarde" y así, y así.

Domingo no estaba muy convencido, pues los días no siempre son de fiar. Él, por ejemplo, estaba en la categoría de "domingo", sin embargo, no siempre se sentía como alguien muy *dominguero*. Además, habían *lunes* que tenían *cara* de *martes* y así, y así.

Entonces recordó la alacena de Mamá Musaraña, donde los ingredientes estaban acomodados por sabores; de los más amargos a los más dulces, pasando por los salados, ácidos, picantes y agridulces.

A Otilio le pareció una buena idea y de inmediato comenzaron a separar los libros. Domingo prefirió comenzar por los libros *salados* (seguía empalagado por tantas galletas). En esa sección había enciclopedias del océano y libros como *Los peores chistes del mundo*, entre otros.

Continuaron degustando y separando los textos. La biblioteca comenzó a parecerse a la alacena de Mamá Musaraña cuando Domingo se topó con un libro que primero aparentaba ser dulce pero resultó ser bastante amargo. El forro del libro estaba cubierto de polvo y cuando lo limpió, pudo leer lo siguiente:

Enciclopedia de los animales que ya no son

Le pareció extraño el título, entonces lo abrió para saber a qué sabía. Justo a la mitad, apareció la ilustración de un pájaro muy peculiar. Tenía el cuerpo de un pato gordo, su pico era parecido al de un perico y sus patas eran cortas y gruesas como las de un dinosaurio. Junto a la imagen venía el siguiente texto:

El dodo vivió en la isla de Mauricio.

Fecha de extinción 1662.

Primero pensó en la suerte que tenía ese tal Mauricio de tener su propia isla. Luego, volvió a leer la frase y se dio cuenta de que estaba escrita en tiempo pasado, lo cual le pareció extraño para una enciclopedia. No conocía la palabra *extinción* pero le sonó a algo divertido, como *excursión* o *expedición*. Entonces fue por un diccionario y descubrió que su significado era terrible. La mente de Domingo comenzó a llenarse de ideas muy serias, como la palabra *petición*: "¿cómo era posible que no quedara ni un solo dodo? ¿Ya no volverá a haber uno jamás? ¿Nunca?".

Entonces, continuó hojeando aquel libro y descubrió que el dodo no era el único animal extinto. Estaba repleto de páginas y páginas de animales que nunca iba a conocer.

Otilio se percató de que Domingo pasaba las hojas con mucho agobio.

—Ten cuidado, no vayas a maltratar el hogar de esos animales —dijo con una peculiar sonrisa.

—Pero si estos animales ya no existen —contestó Domingo extrañado.

—Por eso mismo, este libro es su único hogar. Si llegara a desaparecer, nadie sabría jamás que alguna vez existieron.

Domingo se sintió indignado al pensar que aquellos animales se habían reducido a un dibujo y a unas letras en una hoja. Incluso tuvo ganas de decir una *petición*.

—Es un libro muy amargo, sin duda —dijo Otilio—, aún así, hay algo de magia en él.

Domingo volteó sorprendido.

—Cuando leíste esta página —continuó Otilio—, el dodo comenzó a habitar en tus pensamientos; a partir de ese momento, le diste un nuevo hogar. Y mientras no lo olvides, continuará existiendo de alguna forma.

Esta idea hizo que la mente de Domingo comenzara a moverse más y más rápido. Las ideas brincaron de aquí para allá como conejos inquietos y, de pronto, supo que podía hacer algo más por aquel dodo. Cerró el libro, subió brincando por las escaleras oscuras y salió de la madriguera. El día aún estaba gris y congelado pero a Domingo no le importó. Empezó a juntar nieve, apiló más y más hasta que formó un cerro. Luego comenzó a darle forma.

Tejón Meléndez vio a Domingo amasando una figura y se acercó lleno de curiosidad.

—¿Qué se supone que es? —preguntó.

—Es un dodo, obviamente.

Y aunque Tejón Meléndez jamás había escuchado, ni mucho menos visto, a un dodo contestó:

—Claro, ya le empiezo a ver la forma.

Entonces fue por una escalera y ayudó al teporingo. Pronto, la gran figura llamó la atención de los demás habitantes de El Refugio y varios se unieron a la obra. Maestro Lalo ayudó con la cabeza, Casilda hizo las pequeñísimas alas, Mamá Musaraña las plumas y así, y así. Poco a poco, el dodo de nieve se pareció más al dodo de sus pensamientos.

Se le hicieron algunas aportaciones: Chulo Sam sugirió que debía llevar un sombrero, Casilda le puso un paraguas y Mamá Musaraña le tejió una bufanda.

¡Listo! el dodo estuvo terminado.

Varios animales salieron de sus madrigueras y se sorprendieron al ver a aquel ser extraño. Entonces,

Domingo les presentó al dodo y sonrió cuando todos le dieron un nuevo hogar en sus pensamientos. El dodo ya no solo le pertenecía a Mauricio y su isla,

también era de Tejón Meléndez, de Casilda, de Mamá Musaraña y de todos los demás que estuvieron ahí.

—Vamos a necesitar mucha azúcar para hacer galletas con forma de dodo —dijo Mamá Musaraña mientras volvía a su madriguera. Los demás también regresaron a sus hogares cuando el cielo se volvió gris oscuro.

Domingo permaneció junto al dodo un buen rato. Se acostó frente a él, extendió sus brazos sobre la nieve y prometió recordarlo por siempre, incluso después de que el invierno terminara y toda la nieve se volviera agua.

Otilio salió de la biblioteca un poco empalagado por pasar tanto tiempo en la sección *dulce*. Cuando vio al gran dodo de nieve a través de la ventana se entusiasmó tanto que, sacó su libreta e hizo un detallado dibujo. La hoja que lleva esa imagen la puedes encontrar todavía en su biblioteca. Debes buscar con mucha paciencia un libro *agridulce* que lleva como título *Enciclopedia de los animales que ya no son*, y abrirlo justo por la mitad. Si encuentras el dibujo, míralo atentamente, luego cierra los ojos y trata de recordarlo por siempre.

CAPÍTULO VI

EN EL CUAL DOMINGO Y CASILDA PINTAN UNA GALAXIA

Domingo salió por el túnel de nieve que conectaba su madriguera con el mundo exterior, y vio que el mundo exterior había perdido el color. La nieve, el hielo y la escarcha lo habían cubierto todo. El cielo también tenía una manta blanca que difuminaba la luz del sol como la pantalla de una lámpara. Incluso el sonido parecía haberse congelado, pues todo estaba en silencio.

Sobre la nieve que cubría el suelo, Domingo encontró unas pequeñas huellas. De inmediato supo que las había dejado Casilda. Entonces, siguió el rastro a través del bosque, hasta que las huellas se perdieron en un agujero en la nieve. Domingo lo rodeó para no caer en él y de pronto, FLOP, sin querer, hizo su propio agujero.

Por suerte, los teporingos (como la mayoría de los conejos) son buenos saltarines. Entonces hizo FLIP y voló sobre la nieve para de nuevo hacer FLOP. FLIP-FLOP, FLIP-FLOP; y con cada FLOP creaba un nuevo boquete en la superficie blanca. La nieve era tan acolchonada y esponjosa que podía caer de espaldas, de panza e incluso de cabeza sin hacerse daño.

—Esto debe de ser lo más parecido a brincar en las nubes —pensó Domingo con el rostro lleno de manchas blancas.

En uno de los *FLIPS*, su armónica salió del bolsillo de su abrigo, silbó en el aire un segundo, y se perdió para siempre entre la nieve. Domingo sintió un poco de tristeza, pues había sido un regalo de Tejón Meléndez.

Cuando llegó al final de la pradera volteó hacia atrás y vio todos los agujeros que habían dejado los *FLOPS*. El paisaje le recordó la vez que observó la superficie de la luna con el telescopio de Otilio. Le pareció ridículo que un conejo pudiera dejar su huella en un astro, entonces rio un poco en silencio.

Encontró de nuevo las huellas de Casilda y estas lo dirigieron a la plaza. Y ahí estaba ella, sin tener nada mejor que hacer que dejar sus huellas alrededor del quiosco.

—¿Qué hacías? —le preguntó a su hermano al verlo con la cara llena de nieve y escarcha.

—Andaba en la Luna —contestó Domingo con mucha seguridad.

—Ya veo.

Se sentaron en el quiosco pensando qué podían hacer aquel día. El aire que soplaba era helado y silencioso. Todos los animales parecían estar hibernando. O quizás tomando alguna bebida caliente mientras veían el paisaje blanco a través de las ventanas de sus madrigueras.

Domingo tenía la nariz roja y no podía sentir las orejas. Casilda se acercó un poco más a su hermano para sentir menos frío.

Pensaron un buen rato pero, al parecer, sus mentes estaban congeladas. Domingo intentó con todas sus fuerzas tener una "gran idea"; pero nada inteligente surgió en su cabeza. Todo estaba en blanco.

Tomó un poco de nieve que había caído sobre sus piernas y se la llevó a la boca.

—¿A qué sabe? —preguntó su hermana.

—Supongo que a nube congelada —contestó Domingo un poco orgulloso de su respuesta.

De pronto escucharon un agudo tintineo. Don Aquino atravesó la plaza empujando un carrito. Le costó mucho trabajo abrirse paso entre toda la nieve. Domingo y Casilda brincaron hacia él esperando algo dulce y caliente como churros o buñuelos. Sin embargo, se decepcionaron al leer el letrero en el costado del carrito:

RICOS RASPADOS DE HIELO

—¿Raspados de hielo en invierno? —preguntó Domingo.

—Ya sé que no es una buena idea —contestó Don Aquino—. Nadie tiene antojo de comer hielo en invierno.

Se asomaron al carrito y vieron una fila de frascos llenos de jarabes de distintos colores.

—Estuve preparando los jarabes durante el otoño —dijo don Aquino con un aire melancólico—. Pensaba que después del otoño venía la primavera. Pero cuando salí de mi madriguera y vi que todo estaba cubierto de nieve, me percaté de que había hecho un mal cálculo de estación.

—A eso se le llama estar "mal estacionado" —dijo Domingo orgulloso. Sin embargo, nadie se rio de su comentario desabrido.

—Por lo menos, tienes hielo de sobra —dijo Casilda mientras señalaba el mundo entero.

—Supongo —contestó Don Aquino con un suspiro.

Estuvieron unos instantes en silencio. Domingo se esforzó en decir algo inteligente pero sólo pudo decir: "se me antoja un raspado de piña".

Don Aquino raspó hielo y Domingo observó cómo éste se iba volviendo amarillo conforme el jarabe iba cayendo encima. Probó el raspado pero su lengua congelada no percibió el sabor. Entonces le pidió titiritando a Don Aquino un poco más de jarabe. Intentó agarrar el frasco con su mano entumida pero, UPS, el frasco voló, regando el jarabe sobre la nieve.

—¡Bien hecho, hermano! —exclamó Casilda.

Domingo sintió cómo sus orejas se calentaban rápidamente por la vergüenza. Don Aquino le dijo que no tenía importancia, pues de todas formas nadie tenía antojo de sus raspados.

El frasco se había derramado por completo, formando un gran círculo amarillo sobre la nieve esponjosa.

—Parece el Sol —dijo Domingo con mucha seguridad, al percatarse de la figura.

—Es cierto, y todas las gotas de alrededor parecen estrellas —agregó Casilda.

—Es una *consternación* —exclamó Domingo con demasiada seguridad.

—¿Qué es eso? —preguntó Casilda.

—Es cuando las estrellas forman una figura, como la *Consternación* de Orión.

—¿Y ése, quién es?

—Un señor que vende cinturones, creo. Mira, esta *consternación* tiene la forma de un tejón —dijo Domingo señalando varios puntos sobre la nieve—; esa estrella es su oreja, aquella otra es su nariz, ésa su pie y la de allá abajo es su cola. Es un tejón *estrellado* —agregó Domingo, orgulloso de su descubrimiento.

Don Aquino, que había escuchado todo, les propuso hacer más *consternaciones* y astros con los demás sabores.

Comenzaron a chorrear jarabe sobre la nieve y pronto aparecieron águilas de tamarindo, sillas de cereza y barcos de chabacano. Después apareció la Luna de limón. Marte era rojo y enchilado. La Vía Láctea era de leche condensada y unos toques de fresa.

Luego, Domingo caminó hasta los confines de la galaxia. Admiró el espacio blanco bajo sus pies y chorreó el frasco de zarzamora. Poco a poco, formó un nuevo planeta.

—¿Ése cómo se llama? —preguntó Casilda.

—Se llama… Uqbar —contestó el teporingo, orgulloso de haber creado una nueva palabra.

Sin embargo, olvidaba que ya había escuchado ese nombre antes: fue una ocasión en que Otilio leía el tomo de la letra "U" de una de sus enciclopedias. Cuando encontró aquella extraña palabra gritó de emoción, pues llevaba tiempo buscándola. Domingo escuchó el nombre y luego lo olvidó; pero, al parecer, no del todo.

—¿Y cómo es ese planeta? —preguntó Casilda.

Entonces Domingo le explicó que se encontraba a cinco mil años luz (y un par de meses) de distancia. Era un planeta con muchos ríos y pantanos, por lo que estaba repleto de cocodrilos.

—¿No hay teporingos?

—Había, pero los cocodrilos se los comieron.

Entonces a Casilda le dio gusto que aquel planeta estuviera tan lejos.

—También hay hipopótamos —continuó Domingo—. Éstos se llevan bien con los cocodrilos y les gusta mucho ir al teatro, vestidos de etiqueta. Pero en lugar de senderos, tienen laberintos, por lo que muchos llegan tarde a la función. Además, es muy diferente a este planeta porque tienen dos soles en lugar de uno.

Entonces Casilda corrió por el jarabe de mango e hizo dos círculos amarillos junto al planeta de zarzamora.

—Ahí siempre es verano y las noches duran muy poquito, quizás unos minutos nada más —continuó Domingo.

Casilda quería saber más y más sobre aquel extraño sitio por lo que Domingo tuvo que crear nuevos océanos, nuevas montañas y nuevos pueblos. Incluso inventó una nueva forma de hablar, pues claramente los cocodrilos y los hipopótamos de otro planeta deben de tener su propia lengua.

Don Aquino se acercó a la galaxia de Domingo y le entregó el último frasco de jarabe. Era sabor menta; Domingo le dijo que ese sabor no se llevaba muy bien con los demás sabores de su planeta y mejor lo guardaron para otra ocasión.

Finalmente, su galaxia estuvo completa. Se sentaron en el quiosco y la admiraron un rato. Luego, sacaron tres cucharas y probaron los planetas, los soles y las *consternaciones*. Después de un rato, todo volvió a ser blanco.

Cuando Otilio pasó por la plaza rumbo a su madriguera, Domingo quiso contarle sobre su planeta, pero tenía la boca completamente congelada. Su lengua, llena de colores, no pudo decir ni una palabra. Y así quedaron, mudos por el resto del día; Domingo tuvo que guardar sus "grandes ideas" para otra ocasión.

Al día siguiente, trató de recordar el nombre de su planeta, pero ya lo había olvidado. Nunca más se volvió a hablar de aquel colorido rincón del Universo, hasta ahora.

CAPÍTULO VII

EN EL CUAL RECREAN LA BATALLA DE LAS TERMÓPILAS

Era un día soleado, pero el sol no calentaba el aire. La luz rebotaba sobre la nieve y todo tenía un brillo muy especial. Era un buen día para salir al bosque.

—¿Crees que el agua de la poza esté congelada? —preguntó Casilda a Domingo. Mientras lo hacía, contemplaba el vapor que salía de su boca al hablar.

—Con este frío, debe de estar… —contestó su hermano echando una fumarola aún más grande que la de Casilda.

—Y si está congelado, ¿vamos a *patinaaaaaar*? —exclamó Casilda alargando la última palabra para echar aún más vapor. Y la fumarola fue enorme.

Domingo no quiso seguir en la competencia de fumarolas por lo que sólo asintió con la cabeza. El paso de Casilda se volvió más alegre y presumido. Continuaron caminando hacia la poza; detrás de ellos venían Tejón

Meléndez, Maestro Lalo y Mamá Musaraña. Hasta el último, venía Otilio refunfuñando por tener que pasar tiempo al aire libre. Caminaba lento y con dificultad, pues sobre su espalda cargaba un morral lleno de libros para no atrasarse en sus lecturas. Como siempre, hubiera preferido la tranquilidad de su madriguera. Sin embargo, Mamá Musaraña insistió en que, por su bien, debía respirar aire fresco de vez en cuando.

Después de una buena caminata llegaron a la Poza de las Dos Aguas. A esta poza la alimentan dos fuentes

de agua. La primera son cascadas que se forman a partir del hielo derretido de mi cima. El agua de estas cascadas suele estar muy fría. En la otra orilla de la poza, brota un chorro de agua que antes de salir, pasa por mis adentros, cerca de donde fluye la lava. Esa agua sale casi hirviendo. Cuando se mezclan las dos aguas, la poza se mantiene tibia.

Aquel invierno, sin embargo, el frío parecía ganarle al calor y gran parte de la superficie de la poza se encontraba congelada. Incluso la cascada estaba totalmente petrificada, o tal vez deba decir *hielificada*. Todo estaba tan quieto que Domingo sintió que estaba viendo una pintura. Pero esto era mucho mejor, ya que podía caminar y tocar todo lo que estaba dentro de aquella imágen. Casilda fue demasiado lejos cuando quiso probar la cascada y su lengua se quedó pegada en el hielo. Tuvieron que usar té caliente para despegarla.

Después de aquel breve imprevisto, cada quien se acomodó alrededor de la poza para disfrutar del bello día. Mamá Musaraña sacó ricos bocadillos de su canasta y los compartió con todos. Cuando éstos se terminaron, Tejón Meléndez salió al bosque en busca de moras silvestres, pues aún tenía hambre. Maestro Lalo voló a una rama de pino y se acurrucó para tomar una siesta.

Domingo y Casilda patinaron un buen rato sobre el agua congelada de la poza y cuando se cansaron, fueron con Otilio para saber qué estaba leyendo. Era un libro muy viejo que se titulaba *La Batalla de las Termópilas* y estaba escrito por un tal Heródoto. A Domingo le pareció ridículo el nombre del libro y a Casilda le pareció chistoso el nombre del autor.

—Les parecen ridículas y chistosas estas palabras porque no las entienden —dijo Otilio un tanto indignado.

—¿Qué idioma es, o qué? —preguntó Casilda.

—Es griego —respondió Otilio.

—Pues el griego es un idioma muy chistoso —dijo Domingo.

—¿Y de qué se trata el libro? —preguntó Casilda tratando de asomarse a las páginas.

—Pues obvio que de una batalla —interrumpió Domingo.

—A ver, si eres tan listo, ¿qué es una termo… termo…?

—Termópila —la ayudó Otilio.

—*Termóplia* —repitió Casilda.

—Obviamente es… una *termóplia* es… —decía Domingo mientras le suplicaba a Otilio con la mirada para que le diera una pista—. Obviamente es un tipo de termómetro que usa baterías —se aventuró a decir el teporingo finalmente.

—Pues eso sí que es chistoso —dijo Otilio carcajeándose.

—Ves, obviamente no sabes lo que significa —dijo Casilda llena de satisfacción.

—Pues, obviamente tú tampoco —respondió Domingo.

Y entonces se soltó una serie de "tú menos", "no, tú", "tú", "que tú", "tú", etcétera, etcétera. Hasta que Otilio no pudo más y gritó "¡Basta!". Pero el silencio duró poco ya que pronto empezaron los "ya ves", "fuiste tú", "no, tú", "que tú", "tú", etcétera, etcétera. Entonces Otilio intentó tomar el control de la conversación contándoles la historia de La Batalla de las Termópilas.

—Había una vez un par de reyes que estaban en guerra, Jerjes (que era persa) quería conquistar a los griegos y Leónidas (que era griego) quería vencer a los persas…

Casilda y Domingo se voltearon a ver y soltaron una tremenda carcajada.

—Los persas son aún más chistosos que los griegos —dijo Domingo con lágrimas en los ojos.

Sin embargo, conforme la historia fue avanzando, sus caras comenzaron a ponerse serias. Sintieron gran emoción cuando llegó el momento de la batalla, les pareció injusto que un puñado de griegos tuviera que luchar contra un enorme ejército persa y la trágica muerte de Leónidas les provocó tristeza e indignación.

—¡Qué injusta es esta historia! —gritó Domingo.

—Este señor *Herodocto* no sabe cómo terminar bien una historia —agregó Casilda.

—Heródoto —la corrigió Otilio.

—¡Ése mero!

—¡Tengo una idea! —gritó Domingo con un brinco—. ¡Hay que recrear nuestra propia batalla! Se llamará "La batalla de las teporingópilas" y tendrá el final que nosotros queramos. Yo seré el valiente Leónidas y tú el malvado Jerjes.

—Yo no quiero ser Jerjes, mejor tú —replicó Casilda.

—No, tú.

—Tú…

—Que tú…

—Que Otilio sea Jerjes y ustedes pueden ser los hermanos Leónidas —interrumpió Mamá Musaraña.

—¿Dos Leónidas? Pero así no cuenta la historia Heródoto —objetó Otilio.

—El señor Heródoto no se va a enterar de que cambiamos un poquito la historia —concluyó Mamá M., haciéndoles un guiño a los teporingos.

Finalmente los hermanos accedieron a compartir el nombre Leónidas. Tejón Meléndez volvió del bosque y Maestro Lalo despertó de su siesta. Entre todos comenzaron a planear la recreación de la batalla. En una de las primeras hojas del libro encontraron un mapa de las Termópilas donde se señalaban las posiciones de los ejércitos. Entonces decidieron hacer su propio mapa, el cual quedó así:

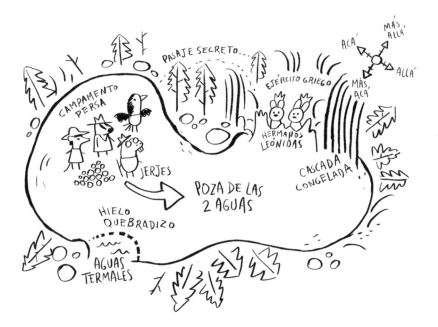

Se hicieron los preparativos necesarios para una batalla: alzaron fortificaciones (montículos de nieve), colocaron sus armaduras (trastes, telas o cualquier objeto a la mano), y reunieron su armamento (bolas de nieve).

Llegó el momento de la verdad y Otilio (Jerjes) gritó con todas sus fuerzas: "¡Al ataque!". De inmediato comenzó a volar la artillería. Casilda y Domingo (hermanos Leónidas) estaban bien resguardados del *fuego*

enemigo, o mejor dicho la *nieve enemiga*. La fortaleza griega era alta y estaba bien posicionada. El paso se estrechaba entre las caídas de agua petrificadas lo que les daba una ventaja sobre sus enemigos. Del otro lado de la poza, el ejército persa (Otilio, Tejón Meléndez, Maestro Lalo y Mamá Musaraña) estaba desprotegido. Recibían muchos golpes de la artillería enemiga. Trataban de acercarse a la fortaleza pero una y otra vez resbalaban en el hielo. El terreno estaba claramente a favor de los griegos.

Cuando Jerjes se acercó a la muralla del ejército griego, una bola de nieve aterrizó justo en su hocico, haciéndolo caer sobre el hielo.

— ¡Le di a Jerjes en el *puritito* hocico! —gritó Domingo emocionado.

—¡Claro que no, fui yo! —respondió Casilda.

—¡Obviamente no, fui yo!

—Que yo.

—No, yo.

—Te digo que yo.

—Yo…

—Que yo…

En eso, Maestro Lalo aprovechó la confusión del ejército griego para volar alrededor de su muralla sin ser detectado y atacar por la retaguardia.

—¡Ahora sí, Leónidas, prepárate para morir! —gritó y apuntó a los sorprendidos teporingos con una bola de nieve.

—Él es Leónidas —dijo Casilda señalando a su hermano.

—No, *ella* es Leónidas —dijo a su vez Domingo.

—Él.

—*Ella.*

—Él.

—*Ella…*

El resto del ejército persa arrinconó a los griegos. Parecía que la historia se estaba repitiendo. Entonces se escuchó un CRIK-K-K-K. La superficie congelada de la poza no era tan gruesa como para aguantar el peso de dos ejércitos.

—¡Retirada! —gritó Otilio.

Todos salieron patinando de la poza menos Domingo y Casilda que no se ponían de acuerdo en si debían huir o caer con honor. De pronto, el CRIK-K-K-K partió el hielo en dos y los hermanos cayeron en el agua helada. Trataban de salir pero el hielo se quebraba en sus manos. Casilda comenzó a asustarse de verdad y Domingo trató de tranquilizarla.

El ejército persa se reagrupó y formó una cadena para rescatar a los teporingos. Una vez que los alcanzaron, Tejón Meléndez jaló con fuerza y sacó a los hermanos que estaban fuertemente abrazados y titiritando de frío. Los llevaron a la orilla, pero no los pudieron despegar, su abrazo se había congelado.

Antes de que Tejón Meléndez los metiera al agua caliente para descongelarlos, Otilio se percató de que por primera vez estaban juntos y callados. Entonces le pidió mantenerlos así, aunque fuera un ratito más. El ejército persa se acostó en la nieve a descansar bajo el sol de invierno. Después de remojarse un rato en las aguas termales, los hermanos Leónidas se descongelaron; sin embargo, su abrazo duró un poco más. En el bosque ya no se escucharon gritos de guerra, "la batalla de las teporingópilas" había terminado.

CAPÍTULO VIII

EN EL CUAL TEJÓN MELÉNDEZ NARRA SU VIAJE A CHINA

Domingo amaneció con una terrible gripa. Su cuerpo no dejaba de titiritar, le dolían los huesos y su nariz estaba llena de mocos. Fue con su hermana y descubrió que ella también tenía los síntomas. Mamá Musaraña se llevó a Casilda a su madriguera para cuidarla y Tejón Meléndez le ofreció una recámara a Domingo.

La madriguera del tejón era húmeda y oscura. Estaba repleta de artefactos recopilados en sus viajes. En las paredes colgaban máscaras, mapas y otros objetos cuyos nombres Domingo desconocía. El gran orgullo de Tejón Meléndez era su colección de hojas de árboles y plantas. Éstas se encontraban bien protegidas en marcos hechos especialmente por Maestro Lalo.

Domingo pasó días acostado sin poder salir de la cama. Durante el invierno, los tejones duermen mucho

más de lo normal. A veces pasan varios días sin abrir un ojo. Tejón Meléndez, además de dormilón, roncaba como un monstruo. Domingo, que estaba en la recámara de al lado, no podía dormir muy bien con el tremendo ruido. No había mucho que hacer. Intentó leer libros de aventura pero la gripa le hacía *ver bizco* y los mocos pronto escurrían sobre las hojas de los libros. No le quedó más que observar la colección de hojas de plantas colgada en la pared de enfrente. Había hojas grandes y redondas, había pequeñas y puntiagudas. Había hojas amarillas y hojas moradas. Había hojas de todas formas y colores. Cada una de ellas tenía anotado el nombre de la planta y el lugar del hallazgo. Domingo imaginó las plantas e inventó historias de cómo su amigo las había descubierto.

Había una hoja en especial que cautivaba su imaginación. Era la más larga y extraña de todas. Domingo hizo un gran esfuerzo por enfocar la vista y leyó lo siguiente:

NOMBRE DE LA PLANTA: PALMERA DE COCOS
LUGAR DE HALLAZGO: BAHÍAS DE PAPANOA

Domingo inventó muchas versiones del hallazgo de esta hoja.

Un día, Tejón Meléndez reapareció en el cuarto con su cara modorra. Domingo le preguntó por la verdadera historia y se llevó una gran sorpresa.

—La descubrí cuando iba rumbo a China… —le contó el tejón—, fue la primera vez que vi el mar…

—¿Y cómo es una palmera de coco? ¿De los cocos salen cocodrilos? ¿Papanoa está en China? ¿Por qué sendero llegas a China?...

Era claro que Domingo tenía muchas preguntas y demasiado tiempo libre, así que Tejón Meléndez jaló una silla junto a la cama y comenzó a contarle aquella vieja historia. Iba más o menos así:

El tejón partió muy temprano de El Refugio rumbo a China. Salió del Bosque Oscuro, cruzó la pared de lava petrificada y bajó hacia los valles. Sabía muy poco de aquel país llamado China; sin embargo, cada vez que se contaban historias de dragones y sirenas, Otilio invariablemente decía que sólo se trataba de *cuentos chinos*. Y como Otilio era una tuza muy confiable, Tejón Meléndez supuso que China debía ser un lugar donde todo puede ocurrir.

Al llegar a Amecameca, encontró dos letreros. El que apuntaba a la izquierda decía "Golfo de México" y el que apuntaba a la derecha decía "Océano Pacífico". Y como China estaba justo al otro lado del mundo, supuso que daba lo mismo qué dirección tomar, al fin y al cabo el mundo es redondo, ¿qué no?

Dobló a la derecha, rumbo al Océano Pacífico. Caminó a través de valles y montañas; dejó atrás los pinos *hartwegii* y encontró extrañas plantas con espinas, en vez de hojas, y árboles tan grandes que le hacían cosquillas a las nubes. Marchó sin rumbo hasta que encontró una vereda tropical que lo llevó a través de una calurosa y húmeda jungla. Caminó entre las hojas más asombrosas que jamás había visto y finalmente la vereda terminó en una laguna muy larga.

—Éste debe de ser el Océano Pacífico —pensó, pues el agua estaba muy quieta, los árboles crecían sin ninguna preocupación y las aves volaban con la mayor tranquilidad.

Del otro lado de la laguna, había una colina llena de plantas y arena que no dejaba ver más allá. Solamente se escuchaba un gran rugido, como el de un enorme monstruo roncando.

—China debe de estar del otro lado de la colina —pensó.

Recorrió un buen tramo de la laguna, buscando una manera de cruzar, hasta que encontró un viejo puente de madera. Caminó lentamente sobre el agua. Entre más avanzaba, más fuerte se volvía el ronquido del monstruo. En ese momento, cualquier otro animal se hubiera dado la vuelta hacia el lugar del que vino. Pero ya sabemos que Tejón Meléndez no es cualquier otro animal. Cuando llegó a la mitad del puente vio un pequeño bote flotando en la laguna. Adentro había un mapache que no parecía tener prisa por llegar a ningún sitio.

—Disculpe, amigo, ese ruido que viene del otro lado de la colina, ¿a qué tipo de monstruo pertenece? —le preguntó Tejón Meléndez.

El mapache, que estaba más dormido que despierto, alzó su sombrero y en su amodorrada cara apareció una sonrisa.

—Es el rugido del monstruo más grande que jamás haya existido. No tiene principio ni fin y es capaz de devorar continentes. Tenga cuidado, amigo tejón.

—Los cuentos chinos deben de ser ciertos —pensó Tejón Meléndez y cruzó corriendo lo que restaba del puente, ansioso por ver al monstruo con sus propios ojos.

Trepó la colina y frente a él apareció el verdadero Océano Pacífico. Al ver esa agua sin principio ni fin, sintió tranquilidad. Por otra parte, las violentas olas que reventaban y rugían en la playa lo inquietaron un poco. Permaneció quieto en la arena durante horas, dejando que su mente navegara por aquellas aguas.

Su primera decepción se la llevó al probar el agua del mar. Sabía tan mal como la remolacha en salmuera que solía preparar Otilio. Comenzó a agobiarse por no saber cómo iba a cruzar ese océano de salmuera. Entonces decidió hacerse una madriguera en la arena para pasar la noche e idear un plan. Pero era tan fácil construir con ese material que en lugar de una madriguera levantó un palacio lleno de largos salones y lujosas habitaciones. Estaba tan cómodo en su palacio que por un momento olvidó los cuentos chinos. Sin embargo, en la madrugada, las olas del mar tomaron de vuelta la arena y Tejón Meléndez despertó flotando en medio de Bahías de Papanoa.

Nadó hasta una isla para ahí poder continuar con su plan. En aquel pedazo de tierra solamente crecía una planta muy extraña. Era delgada y no tenían ramas. En lo alto tenía un simpático copete que bailaba con el viento tropical mientras unos objetos redondos chocaban entre sí con un ritmo muy contagioso.

Una gaviota le explicó que aquella planta se llamaba palmera y que aquellos objetos redondos eran cocos, su fruto. Tejón Meléndez descubrió que estaban llenos de una deliciosa agua dulce y, además, podían flotar. Entonces, se le ocurrió que haría su embarcación con cocos. Así flotaría y tendría agua dulce para la travesía.

Los fue amarrando uno por uno hasta que finalmente la balsa estuvo lista. Fue bautizada como "La cocada". Antes de partir a China, Tejón Meléndez se sentó en la isla a contemplar el horizonte. Pensaba mucho en la travesía y los misterios que guardaba el océano. Permaneció ahí uno, dos, tres, o quizás nueve días mientras la brisa caliente le acariciaba la cara. Cuando el viento cambió de dirección, percibió el olor a chocolate caliente que prepara Mamá Musaraña y sintió ganas de volver a casa.

—Tal vez, aún no estoy listo para cruzar un océano —pensó.

Cuando trató de mover "La cocada" para regresar a tierra firme, se dio cuenta de que ésta ya había echado raíz. De los cocos comenzaban a salir pequeñas palmeras...

— ¿No nacen cocodrilos de los cocos? —interrumpió el relato Domingo.

—No, nacen palmeras —contestó Tejón Meléndez un poco molesto por la interrupción.

—Sería mejor historia si de los cocos salieran cocodrilos —dijo Domingo un poco decepcionado.

—Quizás en China las palmeras sí dan cocodrilos, pero en aquella isla, los cocos dan palmeras.

—Ya veo... entonces, la hoja de palmera la trajiste cuando volviste de la isla —dedujo Domingo.

—Sí. También traje uno de los cocos de la balsa.

—¿Y creció una palmera?

—Sí, está en el invernadero.

—¿Podemos ir a verla? —preguntó Domingo muy emocionado, pues su mente seguía de viaje por los trópicos.

—En cuanto te sientas mejor. Aún está helando allá afuera.

Aquella noche Domingo soñó un océano, palmeras llenas de cocos, palacios de arena y uno que otro cocodrilo. Por la mañana su gripa había desaparecido. Salieron de la madriguera, cruzaron el jardín de líquenes que estaba cubierto de nieve y entraron en el invernadero. Caminaron entre hojas de plantas exóticas hasta que llegaron a donde crecía la palmera. Ésta se veía triste y decaída.

—Yo la imaginaba… diferente —dijo Domingo educadamente.

—Creo que extraña el clima tropical —respondió Tejón Meléndez.

—Debe sentirse muy sola y fuera de lugar —pensó el teporingo al ver la nieve a través de los vidrios del invernadero. Luego se fue de vuelta a su madriguera un poco decepcionado.

Pasaron los días y Domingo no dejaba de pensar en la pobre planta. Hasta que una tarde, mientras hurgaba la colección de discos de Mamá Musaraña, encontró la sección de música tropical y una gran idea le vino a la cabeza.

Corrió con Tejón Meléndez y se la contó. Entonces, organizaron una fiesta en el invernadero. Todos estaban invitados, claro.

Cuando los animales entraron vestidos con sus mejores trajes, el aire de adentro se volvió más cálido, casi tropical. Después de los saludos y las introducciones, se escuchó el rasgueo de un güiro, después repicaron los timbales y luego soplaron las trompetas. En un breve silencio, entre las hojas de palma, apareció Mamá Musaraña con un hermoso vestido blanco. Se acercó a la triste palmera y le cantó:

¡Ay, palmera!
Tus sueños están hechos
de la brisa del mar.
Tu copete verde,
le coquetea al calor.

¡Ay, palmera!,
extrañas al sol
cuando en el horizonte,
se mete a nadar.

Desde tu isla,
palmera,
sospechas misterios
del fondo del mar.

Detrás del océano,
palmera,
dime qué habrá.

Todos le aplaudieron y pidieron más. Cantó boleros y sones como *Bahías de Papanoa*, *La cocada*, *Palacio de arena*, entre otros temas, ahora famosos.

Después, Chulo Sam avivó el ritmo de los tambores con un tun tu-run tun-tun... Soltó un grito que en realidad era más un fuerte pujido; sonó así: "Juuuu". Entonces, la primera Orquesta Tropical del Popocatépetl tocó rumba y mambo. Ningún animal o planta pudo evitar bailar o cantar; aquello se volvió una jungla. Naturalmente, la palmera se alegró con el ambiente tropical y, en agradecimiento, compartió sus cocos con los invitados.

La noche se alargó y Tejón Meléndez salió al bosque para respirar un poco de aire frío. Se sentó sobre una roca rodeada de nieve y observó desde lejos el invernadero lleno de luz. Cuando un viento helado le golpeó la cara, decidió volver por un trago de agua de coco. Antes de entrar, escuchó el alboroto de la fiesta; pensó que todo aquello era un gran cuento chino y sonrió.

CAPÍTULO IX

EN EL CUAL EL COMETA TUZA VUELVE A EL REFUGIO

En la noche más larga del año, un teporingo caminó sin rumbo por El Refugio. Zigzagueó entre los oscuros pinos y la blanca nieve. Anduvo dando vueltas por el bosque hasta que desapareció en la Cueva de los Huehuenches.

Domingo despertó por la mañana y se vio a sí mismo, o por lo menos, vio un reflejo de sí mismo. Frente a él había una gran pared de hielo en la cual se reflejaba la poca luz que entraba a la cueva. No tenía idea de dónde se encontraba ni mucho menos cómo había llegado ahí. Entonces supuso que había caminado dormido durante la noche.

Admiró la cueva y se dio cuenta de que las paredes estaban cubiertas de hielo. Su gran bóveda y sus estalactitas, como candelabros, hacían que todo pareciera un palacio de cristal. Domingo se vio reflejado muchas veces. En ocasiones era grande como Tejón Meléndez y otras diminuto como Casilda. En una pared, su nariz se veía redonda como la de Otilio, lo cual lo hizo reír.

Cuando salió de la cueva vio las huellas que había dejado la noche anterior. Las siguió para descubrir en qué otros sitios había estado. Subió al Mirador, bajó a la Poza de las Dos Aguas, flanqueó la Barranca de Chicomula, entró al Bosque Oscuro, pasó cerca del invernadero de Tejón Meléndez, rodeó el taller de Maestro Lalo y llegó a la madriguera de Mamá Musaraña. Escuchó un par de voces adentro y olvidó el resto de las huellas. Entró hasta la cocina y vio a Otilio y Mamá M. hablando sobre dos eventos muy importantes. El primero era el cumpleaños de Mamá M., que justo era ese día. El segundo era el paso del Cometa Tuza, que justo era ese día también.

Mamá M. quería hacer una gran fiesta (como todos los años) y Otilio quería ver el cometa que había descubierto con su telescopio (como todos los años). La cuestión era que este año, para la celebración de cumpleaños de Mamá M., iba a haber fuegos artificiales. Lo cual claramente iba a dificultar el avistamiento del cometa. Para esto, Otilio decidió de mala gana que subiría a la cima del volcán para tener la mejor vista.

Cuando Otilio fue a su cuarto para preparar la expedición, Mamá M. rondó la cocina un par de veces, pensando en todo lo que necesitaba para la celebración. Domingo se acercó y la felicitó con un abrazo. Le preguntó por qué se encontraba tan agobiada, si era su cumpleaños.

—No sé cómo van a caber todos los invitados en la madriguera —contestó.

—Los años anteriores *cabimos* bien.

—Pero este año vienen mis dieciséis hijos.

—Ya veo… no habrá *cabidad* entonces —concluyó el teporingo.

Se sentaron frente a la estufa a pensar. Pero la mente de Domingo pronto salió por la puerta, encontró sus huellas y retomó el camino de la noche anterior. Rodeó el taller de Maestro Lalo, pasó cerca del invernadero, entró al Bosque Oscuro… y así hasta que llegó de vuelta a la cueva.

—¡Ya sé! —gritó Domingo con un brinco—. Podemos hacer la fiesta en la Cueva de los Huehuenches.

—¿Estás loco? ¿En ese oscuro y tenebroso sitio?

Domingo le explicó cómo el hielo había decorado la cueva como un palacio de cristal y todos los reflejos que había visto.

— ¡Las luces se van a reflejar un millón de veces! —exclamó Mamá Musaraña, convencida y emocionada con la idea.

—Y podemos ver los fuegos artificiales desde la entrada de la cueva —dijo Domingo.

—De pronto, tienes muy buenas ideas, mi querido teporingo —concluyó Mamá M. con una sonrisa.

A mediodía, Tejón Meléndez, Casilda, Maestro Lalo y Chulo Sam llegaron a la madriguera para felicitar a la musaraña cumpleañera. Otilio salió de su cuarto con su telescopio envuelto en una maleta.

—Estoy listo, ¿quién me va a acompañar a ver el cometa?

Hubo un largo silencio. Domingo se preguntó a toda velocidad, una y otra vez, qué sería más emocionante: ver un cometa desde la cima de un volcán o ver fuegos artificiales desde una cueva de cristal.

—Yo voy contigo —murmuró finalmente, sin saber por qué.

—Yo también —dijo Tejón Meléndez.

Domingo volteó a ver a Mamá M. con cautela. No sabía qué reacción iba a encontrar. Sin embargo, estaba tan agobiada por los preparativos de la gran fiesta que ni siquiera se percató de que habría dos invitados menos.

Partieron de inmediato, pues era largo el camino hasta la cima. Domingo ni siquiera tuvo tiempo de cambiarse el pijama pues no había vuelto a su madriguera desde la noche anterior. Se detuvieron a descansar en el Pico del Zopilote. Domingo volteó hacia abajo y pudo ver a los invitados entrando en la cueva. Al parecer, todos los animales del bosque habían dejado de hibernar para asistir al evento.

Cuando llegaron a las Nieves Eternas, el sol se escabulló en el horizonte. Les faltaba poco para la cima, pero era el tramo más empinado.

—Si seguimos subiendo, ¿vamos a poder tocar el cometa? —preguntó Domingo.

—Claro que no, el cometa pasará sobre la estratosfera —contestó Otilio malhumorado.

—El mundo debe de verse *extra-bonito* desde la *extra-tosfera* —pensó Domingo.

Siguieron avanzando entre la nieve y las rocas. La cima se veía cerca, pero cada paso implicaba un gran esfuerzo. A unos escasos metros, Domingo se tiró jadeando en la nieve.

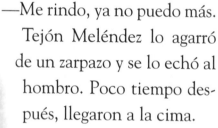

—Me rindo, ya no puedo más.

Tejón Meléndez lo agarró de un zarpazo y se lo echó al hombro. Poco tiempo después, llegaron a la cima.

El mundo se veía pequeñito y oscuro a esas alturas, casi como verlo desde la *extra-tosfera*. Los tres se sentaron en el pico más alto. Otilio abrió su maleta y sacó las piezas de su telescopio. Se le dificultó armarlo, pues tenía las manos entumidas por el frío. Un viento helado los puso a temblar y la mente de Domingo se fue de vuelta a El Refugio.

—¿Por qué se llama así la Cueva de los Huehuenches? —preguntó al aire.

Tejón Meléndez sacudió la cabeza y Otilio se quedó pensando un rato.

—La verdad es que no lo sé —dijo finalmente—. Siempre se ha llamado así… y no recuerdo haber leído nada al respecto.

Luego sacó su libreta y anotó algo.

Para entonces, la mente de Domingo estaba bien adentro de la cueva. Saboreó los ricos y calientes platillos. Vio el ponche de frutas humeando… hirviendo más bien; con *extra-tejocotes* y *extra-piloncillo*.

Cada vez se arrepentía más de haber escogido el cometa en lugar de la cueva. De pronto, un lejano sonido de trompeta los alcanzó.

—Los mariachis están tocando *Las mañanitas* —dijo Domingo, parando bien la oreja.

Se asomaron hacia el precipicio y vieron las luces que salían de la cueva. El sonido rebotaba en las paredes de la cueva y se amplificaba como si fuera una caja de resonancia. Incluso pudieron escuchar los cantos y las risas de los invitados.

—Yo me voy para abajo —dijo el teporingo con un brinco.

De pronto, una luz apareció en el cielo.

—¡Ahí está el cometa! —exclamó Otilio—. Muy puntual, como siempre.

Domingo subió la mirada y pudo ver un círculo brillante con una larga cola de luz. Le pareció fantástico. Pensó que debía tener miles de velas y focos para poder dejar semejante rastro de luz. Sin embargo, Otilio le explicó que realmente estaba hecho de polvo y de hielo.

—Pero, ¿cómo puede el hielo y el polvo brillar tanto? ¿Y por qué va tirando *pedacitos de luz*? ¿Por qué es tan pequeño? Si es de hielo, ¿por qué no se derrite?...

Claramente el teporingo tenía muchas preguntas en su mente. Otilio trató de explicarle que la luz del cometa no le pertenecía, sino que la reflejaba del sol. Luego le prestó su telescopio y Domingo pudo ver los *pedacitos de luz*, flotando detrás del cometa.

—¿Nos va a caer polvo de cometa?

—Lo dudo, está muy lejos de nosotros.

En eso, escucharon el sonido de una explosión. Domingo volteó hacia abajo y vio *pedacitos de luz* rojos que se esparcían para luego desaparecer para siempre. Luego vino otro silbido y una nueva explosión. Eran los fuegos artificiales. Esa fue la primera y única vez que Domingo tuvo un cometa sobre su cabeza y fuegos artificiales bajo sus pies. No supo hacia dónde mirar. Trató de apuntar un ojo hacia arriba y el otro hacia abajo. Esto, evidentemente, no fue muy buena idea.

Sonó la última explosión y Domingo vio de reojo cómo los animales entraron una vez más a la cueva. La música se reanudó.

Observó de nuevo a través del telescopio y notó que unos *pedacitos de luz* habían abandonado la *extra-tosfera* y caían sobre El Refugio para luego desaparecer por siempre. Un último *pedacito de luz* descendió muy cerca de la cima y aterrizó al lado de Domingo. Aquel diminuto polvo de cometa tenía el peso necesario para que la nieve pesara más de lo que puedo sostener. Primero se escuchó un fuerte crujido y luego todo comenzó a sacudirse.

—¡Avalancha! —gritó Otilio, un segundo antes de que fueran arrastrados hacia el precipicio.

En un parpadeo, capas y capas de nieve acumulada bajaron por una de mis laderas. Y con esa nieve venían Otilio, Domingo y Tejón Meléndez. Dieron tumbos, giraron y luego desaparecieron bajo una capa blanca. Fue el SUIIIISH más grande que yo recuerdo. Y cuando terminó de resbalar la nieve, El Refugio entero quedó sepultado.

Domingo, Otilio y Tejón Meléndez escarbaron con dificultad hasta la superficie. Se abrazaron para sacudirse el susto. Domingo notó que la noche se había vuelto muda. El bosque estaba quieto bajo sus pies mientras el cometa continuaba su silencioso camino por el cielo.

Naturalmente, decidieron rescatar a los animales atrapados en la Cueva de los Huehuenches. Escarbaron hasta que sus manos se entumieron. Luego tomaron turnos; uno escarbaba mientras los otros se soplaban aire caliente en las manos. Cuando el sol se asomó de nuevo al mundo, encontraron la cueva. Tan pronto como hicieron un agujero en la entrada, salieron ruidos de risas y música. Rascaron más hasta que Domingo pudo entrar a la caverna. Ahí descubrió que la fiesta aún seguía.

—¡Domingo! Qué bueno que pudiste llegar —exclamó Mamá Musaraña al verlo—. Apenas vamos a servir los chilaquiles.

El teporingo, con las manos adoloridas, no lo podía creer. Pero tampoco pudo negarse a un plato de chilaquiles verdes. Mientras comía, se observó a sí mismo en la pared de la cueva por última vez. Se veía demacrado, justo como si una avalancha le hubiera pasado encima.

Otilio y Tejón Meléndez entraron y saludaron a los invitados, incluyendo a los dieciséis hijos de Mamá M. Cuando Otilio explicó lo que había sucedido afuera, los animales salieron de la cueva y quedaron deslumbrados por la luz del sol. Pero más deslumbrados quedaron al ver el mundo cubierto de nieve.

—Estábamos tan divertidos aquí adentro que ni nos dimos cuenta de lo que pasaba afuera —dijo Mamá Musaraña.

—Suele suceder —replicó Otilio.

—Pues no queda más que escarbar —afirmó Mamá M.

Y así, todos los animales, incluyendo a los dieciséis hijos de Mamá Musaraña, comenzaron a hacer agujeros en la nieve. Escarbaron y escarbaron hacia abajo hasta que encontraron una puerta. Domingo tocó por pura cortesía. Nadie contestó, entonces entraron. Descubrieron que era la madriguera de Mamá Musaraña. Una vez acomodados, se prepararon un chocolate caliente. Apenas cabían, pero estaban tan exhaustos y adoloridos que se quedaron dormidos sobre las sillas, el sofá y la mesa. Los más pequeños, hicieron su cama en los cajones del armario. Durmieron por dos o tres días.

Al despertar, continuaron haciendo túneles

hasta que todas las madrigueras quedaron conectadas. Los hijos de Mamá Musaraña finalmente se despidieron. Las clases en la universidad comenzaban pronto; pero prometieron regresar el año entrante. Todo volvió a la normalidad, excepto por la nieve sobre sus cabezas que se derretía lentamente. Mamá Musaraña cerró la puerta de su madriguera y suspiró contenta. Había sido un gran invierno.

. . .

Pocos días después, Domingo recibió una visita en su madriguera.

—Vengo a despedirme —dijo Tejón Meléndez con su voz grave.

—¿Tan pronto te vas? —preguntó Domingo tratando de disimular la tristeza.

—El otro día que subimos a la cima, vi el horizonte; desde entonces, mi mente ha estado viajando.

—¿Y a dónde vas?

—La mejor parte, es que no lo sé. Ya me lo dirá el camino.

—Si ves un cocodrilo, dile que venga a visitarnos.

Domingo abrazó a su mejor amigo y lo vio partir a través de un túnel en la nieve. Después de desayunar, Domingo decidió que iba a subir a la cima una vez más. Caminó y escaló solo. Llegó jadeando a la cumbre y se sentó en el punto más alto. El sol comenzaba a escabullirse detrás del horizonte. En el cielo apareció una que otra *consternación*. Entonces, el teporingo usó ambos ojos para ver más allá de El Refugio y entre los pinos distinguió a su amigo tejón; se veía diminuto. Sacó su trompeta y le tocó una canción. Tejón Meléndez paró una oreja y apenas escuchó una melodía lejana. Al voltear y ver la cima del volcán, pensó en lo afortunado que era al tener como amigo a Domingo Teporingo.

Domingo Teporingo
se terminó de imprimir en febrero de 2015
en los talleres de Foli de México, S.A. de C.V.
Negra Modelo No. 4 Bodega A Col. Cervecería Modelo
Naucalpan Edo. de México